AF232507

L'EXPOSITION

DES

TABLEAUX DU LOUVRE.

L'EXPOSITION

DES

TABLEAUX DU LOUVRE,

FAITE EN L'ANNÉE M. DCC. LXIX

Pictoribus atque Poëtis
Quidlibet audendi semper fuit æqua potestas....
HORAT....

PAR M. DE CAMBURAT.

A GENEVE,

Et se trouve A PARIS,

Chez VALADE, Libraire, rue Saint Jacques, vis-à-vis
celle de la Parcheminerie, à Saint Jacques.

M. DCC. LXIX.

L'EXPOSITION
DES
TABLEAUX
DU LOUVRE.

Loin du ton machinal qui guide le vulgaire,
Le bon goût vous conduit lui-même au Sanc-
    tuaire,
Où le Dieu des beaux Arts offre aux yeux
    enchantés
Les chef-d'œuvres nouveaux des Zeuxis de
    notre âge ;
Un attrait renaiffant, de ces tableaux vantés,
Chaque jour vous fait voir le fuperbe étalage :
De ces vives couleurs dont le preftige heureux
Sait rendre à chaque pas le tact jaloux des yeux,
Vous voulez remonter à la fource premiere ?
Sans trop fonder la caufe, admirez les effets
Dont l'immortel Newton dévoile les fecrets.

A iij

A fon compas vainqueur de la Nature entiere,
La fidelle analyse a foumis la lumiere ;
Cet Etre , du foleil rapide écoulement,
A travers un cryftal , brifant fes traits de flam-
    me
De fept faifceaux divers (1) , produit l'amas
    brillant ;
Chacun de ces faifceaux porte en fon élément
Aux deux brillans trumaux du palais de notre
    ame
L'inaltérable fonds de ce beau coloris ,
Que nos Peintres jaloux dérobent à l'Iris.

De la variété former la confonnance,
Colorer l'ame humaine & fes affections ,
Donner du jour à l'ombre , un langage au fi-
    lence ,
Au repos l'action , au néant l'exiftence ,
Faire éclore le vrai du fein des fictions :
Ces prodiges ne font qu'un jeu pour la Peintu-
    re ;
De ces tons nuancés , qu'accorde une main
    sûre ,

---

(1) Les fept couleurs primitives.

L'éclatante harmonie à l'œil se fait sentir ;
L'œil l'annonce à l'esprit sur l'aîle du Plaisir.

Avant de parcourir tous ces divers ouvra-
    ges,
Suivons l'heureux instinct qui dirige à la fois ,
Et nos premiers regards, & nos premiers hom-
    mages
(2) Vers le meilleur de tous les Rois ,
Qui regne par l'amour , autant que par les
    Loix.

(3) On me retrace ici la pompe environnante
        De sa statue intéressante ,
Le jour qu'on érigea ce monument flatteur ,
Dont tout François conserve une esquisse en
    son cœur.

(4) Noailles, sous tes traits, j'apperçois sans
    surprise,
La vertu , le génie, & l'aimable franchise.

---

(2) Le portrait du Roi en tapisserie , d'après M. Vanloo.

(3) L'Inauguration de la statue équestre du Roi , par
M. Vien.

(4) Le portrait de M. le Duc de Noailles, par M. Valade.

Miniſtre Citoyen, Courtiſan Laboureur ;
Bertin (5), la bienfaiſance avec toi ſemble
   aſſiſe.

     (6) Mais, quelle eſt cette Déité,
Qui ſous ce double aſpect au public enchanté,
Se plaît à déguiſer ſes charmes qu'on adore ?
Là, Vénus d'Adonis retrouve la beauté ;
Ici, le doux Zéphir revient careſſer Flore.

Le voilà ce pinceau ſi piquant, ſi diſert,
Qui ſait même égayer le plus triſte déſert :
    (7) Ces grouppes d'enfans & de meres,
Ces vieillards, ces rochers, ces ſentiers tor‑
   tueux ,
Ces chûtes, ces reflets d'ombres & de lumieres,
   Forment des détails curieux,
   D'où réſulte un enſemble heureux.

De l'illuſtre Boucher on connoît l'harmonie,

---

(5) M. Bertin, par M. Roſlin.
(6) Madame la Comteſſe du Barri, par M. Drouais.
(7) Une marche de Bohémiens, ou la Caravanne, par
M. Boucher.

(9)

La touche noble, vraie, énergique & fleurie,
Que l'amateur fe plaît à dévorer des yeux.
    Ce Voltaire de la peinture,
Aux Graces, à l'Amour, abandonnant fa main,
Sait, dans tout ce qu'il touche, embellir la
    Nature.

    Partageant le même deftin,
Des Vanloo le génie en miracles fertile,
Ravit le fpectateur au goût le moins docile.
Des fujets différens il faifit le vrai ton,
Fait couler d'un pinceau, rival de la Nature
    La plus parfaite illufion,
    Dernier effort de la Peinture.

(8) Ici, je vois l'Amour élevé par Mercure,

Peut-il fous ce Mentor, manquer d'être fripon ?

(9) Plus loin, la vérité dans Marigny, me
    trace

Mille traits enchanteurs répétés par fa glace !

Un Héros couronné refpire en ce fallon ;

---

(8) L'Amour élevé par Mercure.

(9) Madame la Marquife de Marigny.

(10) C'eſt le grand Fréderic , on ne peut s'y
    méprendre ;
Un autre Apelle a peint ce ſecond Alexandre.

(11) Je vois l'Hymen allumer ſon flambeau
A celui de l'Amour : le pauvret ſemble craindre,
   Non ſans raiſon, qu'il ne vienne à s'éteindre.
L'Attitude à ſon air ajoûte un prix nouveau.

   (12) Que Pſyché dans ce jour me ſemble
    éblouiſſante !
De ſon corps demi-nud la forme raviſſante ,
Eclipſe Vénus même & les beautés des Cieux.
Le ſéduiſant relief de ſa gorge d'albâtre
N'emprunte point d'un art ſouvent offi-
    cieux ,
Cette élaſticité dont on eſt idolâtre ;
   Sur ſon front ſi voluptueux ,
Je lis les doux tranſports d'une charmante
    ivreſſe :

---

(10) Le Roi de Pruſſe.

(11) L'Hymen veut allumer ſon flambeau à celui de
l'Amour : ces quatre derniers tableaux 8 , 9 , 10 , & 11 ,
ſont de Meſſieurs Vanloo.

(12) Pſyché & l'Amour , par M. de la Grenée.

Faut-il s'en étonner? elle eft avec l'Amour

Dans un réduit qu'éclaire un tendre demi-
jour,
(13) Mars à Vénus prodigue fa tendreffe :
C'eft à la maniere des Dieux ;
La flamme du plaifir étincelle en fes yeux :
Il brûle dans les bras de fa Belle ravie ,
Qu'il couvre de baifers plus frais que l'am-
broifie ;
Lorfque * le noir Cocu , qu'on ne deman-
doit pas ,
Vient foudain préfenter fa mauffade effigie :
Son air tout entrepris annonce l'embarras,
Le dépit , la fotte figure
Qu'on peut imaginer en telle conjonĉture.
La Grenée immortel ! qui n'admireroit pas
Ta verve féconde , éloquente ,
Ta palette noble & brillante ,
Et ton pinceau moëlleux, dont la chaleur
Brûle la toile au gré du fpeĉtateur ?

---

(13) Mars & Vénus furpris par Vulcain, de M. de la
Grenée : ces deux tableaux décorent la chambre du Roi à
Bellevue.
(*) Vulcain.

(15) Une beauté mâle & févère,
Dans la Vérité fait nous plaire ;
Elle eft dans toute fa candeur
Nue, en dépit de la critique ;
Car, graces à notre pudeur,
C'eft aujourd'hui la vierge unique,
Dont la nudité faffe peur.

(16) Mais que vois-je ? les vents d'Amphitrite
  allarmée
Bouleverfent foudain les liquides Etats ;
Les vaiffeaux fracaffés volent en mille éclats :
Des pâles Matelots la troupe confternée,
Pour reffource derniere implore le trépas.
Tout mon fang s'eft glacé d'horreur & d'épou-
  vante . . .
Mais le calme flottant fur l'onde tranfparente,
(17) Sous une autre horifon, fait renaître en
  mon cœur
D'un calme inefpéré le rayon enchanteur.

---

(15) La Vérité, par M. Brenet.
(16) Différentes Tempêtes, par M. Loutherbourg.
(17) Différens tableaux qui repréfentent le calme de la
mer, par Meffieurs Loutherbourg & Vernet.

(18) Voyez dans ce ruiſſeau Diane avec ſa
     ſuite,
        Qui goûte la fraîcheur des eaux.
Le châſſeur Actéon, ardent à ſa pourſuite,
Se gliſſe en tapinois derriere des roſeaux.
        Profitant de ſon avantage,
Sur Diane épuiſant ſes regards enchantés;
Il parcourt à loiſir de ce divin corſage
Les contours arrondis, les ſaillantes beautés;
Elle s'en apperçoit; alors, ſuivant l'uſage
Le feu d'un rouge brun colore ſon viſage;
Je n'ai pu démêler ſi ſa prompte rougeur
Eſt l'effet du plaiſir ou bien de la pudeur.

(19) Sous ce toit Bourguignon, la gémiſſante
     preſſe
        Exprime les dons de Bacchus :
Une groſſe Dondon, s'abbreuvant de ce jus,
Semble boire à longs traits la naïve allégreſſe.

(20) A l'Autel de l'Amour une jeune Beauté,
     Modèle bien fini des graces enfantines,

----

(18) Diane ſurpriſe par Actéon au bain.
(19) Le preſſoir de Bourgogne, par M. Jeaurat.
(20) Une jeune fille qui fait ſa priere au pied de l'Autel
de l'Amour, par M. Greuſe.

(14)

Implore les faveurs divines
De Cupidon ; fon ingénuité
Doit obtenir tout ce qu'elle defire.

(21) Une autre Nymphe au doux fourire,
Au regard tendre & langoureux,
A l'air futé, qui dit tout fans rien dire,
Envoie un baifer amoureux,
Que fes doigts vont chercher fur fes levres de
rofe.
Je fens ma bouche demi-clofe,
A fa rencontre s'empreffer.

Quel crayon, pur, noble & léger
(22) Peint ce pere outragé d'une famille im-
pie,
Terminant dans l'horreur une mourante
vie,
(23) Et ce Feffe-Mathieu, marmotant dix
pour cent ?
De Greufe le deffin toujours intéreffant,

---

(21) Une jeune fille qui envoie un baifer par la fené-
tre, par M. Greufe.

(22) Le pere infortuné, mourant au milieu de fa famille dénaturée, par M. Greufe.

(23) L'Avare avec fes enfans, par M. Greufe.

(15)
A fixé le public par fa mâle énergie.

N'oublions point cette jeune Beauté ,
(24) Qui s'entretient fur les fciences
Avec ce jeune homme enchanté
D'infinuer fes connoiffances
Dans un efprit plein de docilité ;
Elle fera des progrès , je vous jure ,
Car je lis dans fes yeux qu'elle a de l'ouver-
ture.

Ici , mon cœur découvre avec émotion
(25) Un chef-d'œuvre de la Nature :
L'ébéne de fa chevelure ,
Un œil difcrettement fripon ,
Décelent aifément cet aimable tendron ,
Dont la candeur fait la parure :
Sa bouche peu fendue , unique en fa beauté ,
Appelle doucement la tendre volupté ;
Comme s'il lui falloit encore d'autres armes.
De la coquetterie un féduifant vernis ,

---

(24) Un jeune homme qui converfe avec une jeune De-
moifelle fur les Sciences , par M. Guérin.

(25) Un portrait qui fe trouve parmi ceux qui font fous
un même numéro.

Promet dans fes bras pleins de charmes ;
De Mahomet le Paradis.
Une pudeur fans fard , fans gêne ,
Attache à fon charmant afpect
La fauve-garde du refpect ;
Mais , que m'en revient-il ? hélas ! rien : l'in-
humaine
Pour moi ne réfervera pas
Les tréfors précieux de fes fecrets appas.

(26) Ce Dogue menaçant, tranfporté de furie ;
Préfente à mon œil effaré ,
Un gofier de fang altéré :
Je recule d'horreur , & je me réfugie
(27) Sous un beau Portique romain ,

A mefure que l'œil avance ,
Il rencontre fur fon chemin
Quelque nouvel objet qui fixe fa préfence.
(28) Là, je trouve un Prélat juftement révéré.
(29) De Gerbier dont la voix m'a fouventenlevé,

---

(26) Un dogue fe jettant fur les oies, par M. Huet.

(27) Des Portiques & des Galeries , tels qu'on en voit aux environs de Rome, par M. Robert.

(28) M. de la Roche-Aimon , Archevêque de Reims ; par M. Roflin.

(29) M. Gerbier.

Je

Je goûte encor ici la tacite éloquence.

(30) Les traits frappans d'Arnaud font ceux
de la fcience.

(31) D'Efculape voilà le favori certain;
Aux fecrets de fon art aucun mal ne réfifte.

Pour ne laiffer rien au defir,
Et pour augmenter le plaifir,
(32) Plus d'un favant Payfagifte,
Me fait goûter l'aménité
Et l'agrefte fimplicité
D'un féjour riant & tranquille,
Où tout refpire la gaîté.
(33) Quel art naturel & facile
A fi bien exprimé ces levreaux, ces perdrix,
Qu'on trouve d'un ragoût exquis?
Des yeux du moins, je fais fort bonne chère.

---

(30) M. l'Abbé Arnaud.

(31) M. Majault, Docteur en Médecine : ces trois derniers tableaux font de M. Dupleffis.

(32) Différens payfages, par Meffieurs Loutherbourg,
Huet, Olivier, Robert, Juliart, Caffanova, Milet, le
Bel, Vernet.

(33) Tableaux de gibier, par M. Defportes, Huet, &c.

B

(34) Voyez-vous les différens fruits
Que cette corbeille enferre ?
De leur tendre duvet, la fuavité, l'éclat,
La naïveté féduifante,
La fraîcheur vive, appétiffante,
Dans l'œil confond le goût, le tact & l'odorat.

Un autre genre ici m'attire ;
(35) Lemoyne au gré de fon cifeau,
Donne au marbre un être nouveau.
Là, dans Maupeou, Thémis refpire :
(36) Ici, c'eft Hélene ou d'Egmont,
(37) Plus loin des mufcles de Milon,
Je fens la roideur furprenante.
On admire dans plus d'un trait
Le beau fini, le grand effet
De la touche libre & favante

---

(34) Différens fruits, par Meffieurs Chardin, Defportes, Bellanger.

(35) M. le Chancelier de Maupeou le pere , par M. Lemoyne, bufte en marbre.

(36) Le portrait de Madame la Comteffe d'Egmont , par M. Lemoyne.

(37) Milon de Crotone effaye fes forces en ouvrant un tronc d'arbre, que des bûcherons ont entamé avec un coin.

(38) De Cochin & de Beauvarlet,
Toujours au niveau du fujet :
Que leur pointe eft pure, élégante.
L'inftruction & l'enjouement
Sont pour eux un même élément.
Tantôt l'hiftoire me rappelle
(39) De nos pères les faits brillans ,
Et les précieux monumens
De leur patriotique zèle ,
Dérobés à la nuit des tems ;
Tantôt je reffens l'allégreffe
(40) De cette troupe enchantereffe ,
Se rabattant fur le gazon
Pour folâtrer à l'uniffon.
(41) Dans ces portraits tout m'intéreffe.
O ! combien de fois , de la preffe
Fendant les flots tumultueux ,
Des charmes qu'offre la peinture

---

(38) Différentes gravures de Meffieurs Cochin & Beauvarlet.

(39) Plufieurs deffins allégoriques , fur les regnes de
Rois de France , deftinés à être gravés pour l'ornement de
l'Abrégé chronologique de l'Hiftoire de France , par M. le
Préfident Hénault ; par M. Cochin.

(40) Les Paftorales de M. Beauvarlet.

(41) Diverfes Eftampes.

(20)

Tranfmet-on la réalité
A quelque vivante beauté
Que l'on découvre à fon côté !
Mais ce qui plaît, fur-tout d'après nature,
C'eft l'agréable erreur où l'œil induit la main.
Jadis un froid Cartéfien,
Doutoit, non fans fujet, de fa froide exif-
tence :
Il traitoit les fens d'impofteurs :
Je ne fais ; mais j'aurois bien moins de répu-
gnance
A recufer ces témoins fuborneurs ,
Depuis que nos Zeuxis, ces nouveaux enchan-
teurs
Font palper à ma main fceptique
D'un néant féducteur le relief fantaftique.

L'on revole fans ceffe à ce pompeux fallon :
Que ne puis-je exprimer avec précifion ,
Des deffins , des contours , la molleffe ondoyan-
te ,
Du riche coloris la vive expreffion ,
Et du coftume vrai la fineffe élégante ,
Le duvet fatiné de ces carnations ,
L'accord harmonieux des nuances, des tons ,
L'éclat, le velouté , le moëlleux , la fou-
pleffe

De ces habillemens foyeux !
L'Artifan chatouilleux les dévore fans ceffe.

Trop long-temps dans Paris, à la honte des
yeux,
On a fait confifter le beau de la Peinture
A faire grimacer une plate figure :
Mais tôt ou tard le goût s'épure
Souvent par la fatiété ;
On a profcrit enfin avec févérité
La grotefque caricature.
Aujourd'hui, des Magots fi courus autre-
fois
La froide incohérence excite la naufée.
Vous donc, qui de la renommée
Briguez la féduifante voix,
Qui courez des Rubens la carriere enchantée,
Que le vrai fimple foit votre objet le pluscher :
Ne quittez point de l'œil cet archètype ai-
mable :
De ce vrai bien faifi, naît le beau vraifemblable,
Miroir du naturel feul en droit de toucher :
Le mérite de l'Art eft de fe bien cacher.

Sachez apprécier le blâme ou le fuffrage
De l'amateur judicieux,
Et du critique pointilleux

Braver l'inepte perſifflage.

Rendez votre coſtume au ſujet aſſorti ,
Uniforme, émaillé, vif, mâle & rembruni;
    Soyez rivaux ſans méſintelligence :
Des Eleves nombreux l'utile concurrence
Fait germer les talens. Que de nouveaux ſe-
    cours
(a) D'une nouvelle Ecole a produit la naiſſance !
Ce noble monument du Caton de nos jours(b),
    Eterniſant la bienfaiſance ,
    Fait éclorre un brillant concours
D'Artiſtes excellens , que dans ſon ſein la
    France
    Nourrit au gré de ſes deſirs ,
    Pour ſa gloire , & pour nos plaiſirs.

(a) L'Ecole gratuite du Deſſin.
(b) M. de Sartine.

Lu & approuvé, ce 20 Septembre 1769.   MARIN.

www.ingramcontent.com/pod-product-compliance
Lightning Source LLC
LaVergne TN
LVHW012104030726
842523LV00002B/719